Lilly Block

Felicitas erotische Reisen 1

Hamburg – Berlin – Mallorca

Lilly Block

Felicitas erotische Reisen 1

Hamburg – Berlin – Mallorca

Bibliografische Information der Deutschen Nationalbibliothek: Die Deutsche Nationalbibliothek verzeichnet diese Publikation in der Deutschen Nationalbibliografie; detaillierte bibliografische Daten sind im Internet über www.dnb.de abrufbar.

© 2016
Herstellung und Verlag:
BoD – Books on Demand, Norderstedt.
ISBN: 9783741271694

Covergestaltung:
Lilly Block mit BOD Easy Cover

Foto: privat

Inhaltsverzeichnis
Vorspiel..7
Hamburg..9
Berlin..30
Mallorca..55
Reisepläne...63

Vorspiel

Sanft streichelte Stefan Felicitas übers Hinterteil und grinste.

„Das war gut. Bin ich froh, dass du die Idee mit den erotischen Geschichten hattest, um unser Liebesleben wieder anzuregen. Fast hätten wir uns getrennt, weil mir der Fußball wichtiger als eine sinnliche Frau im Bett war."

Fee lachte: „Ich habe ganz schön gezittert, als ich die ersten Geschichten geschrieben habe. Ich hatte keine Ahnung, wie du darauf reagieren würdest."

„Du hast mir heftiges Bauchkribbeln verschafft. Und ich hatte auch ein bisschen Angst vor dir."

„Warum?"

„Als ich die Geschichten gelesen habe, dachte ich nur: Was für eine interessante, phantasievolle Frau! Und ich fragte mich, ob ich deine Ansprüche im Bett überhaupt noch erfüllen kann. Außerdem fragte ich mich, ob ich dich im Bett so langweile, dass du fremdgehst ..."

Fee wollte empört antworten, doch Stefan verschloss ihr den Mund mit einem Kuss.

Dann sah er sie lange an: „Versteh mich bitte nicht falsch ... ich liebe dich und brauche keine Geschichten vorab, um zu dir ins Bett zu kommen. Aber sie haben mir so großen Spaß gemacht, dass ich gern mal wieder was von dir lesen würde ..."

Unsicher sah er sie an.

Felicitas überlegte einige Zeit, bevor sie antwortete. Dann lächelte sie spitzbübisch.

„Ich würde gerne öfter mit dir verreisen. Was hältst du davon, wenn ich erotische Geschichten schreibe, die an Orten spielen, wo ich gerne mal hinfahren möchte? Und wenn dir die Geschichte gefällt, lädst du mich dann dahin ein. Wir könnten ja mal Kurzurlaub an verlängerten Wochenenden machen."

Stefans Augen strahlten.

„Hoffentlich treibst du mich nicht in den Ruin, weil du nur von Fernreisen schreibst. Aber auch das wäre es mir wert."

Fee lachte: „Ich dachte, dass ich erst mal mit Deutschland und Europa anfange, damit wir mal ein paar verlängerte Wochenenden machen können. Es würde dir auch mal gut tun, raus zu kommen. Du arbeitest viel zu viel."

Hamburg

Vier Tage Hamburg – ein Traum. Marie hatte Peter überredet, zur Feier ihres zweiten Hochzeitstages nach Hamburg zu fahren um sich „König der Löwen" anzusehen. Peter hatte widerstrebend zugestimmt. Er liebte die Berge seiner Heimat und konnte nicht verstehen, warum Marie unbedingt in den kalten, windigen Norden fahren musste, um sich ein Musical anzusehen, dass in Kürze sicher auch irgendwo in Süddeutschland zu sehen sein würde.

Der Zug fuhr gerade über die Elbbrücken und Marie hielt es nicht mehr auf ihrem Sitzplatz.

„Peter, schau nur! Die Ozeandampfer. Wie riesig die sind. ..."

Der Mann, der ihr gegenüber saß, lächelte: „Sie kommen wohl aus dem Binnenland. Von hier aus sieht man nur die kleinen Schiffe. Wenn Sie die richtig großen Containerschiffe sehen wollen, sollten Sie morgen oder übermorgen eine Hafenrundfahrt machen. Es werden einige Riesen der Maersk Reederei im Hafen erwartet. Die Queen Mary II kommt erst übernächste Woche hierher. Wenn Sie Zeit haben, sollten Sie solange bleiben. Sie ist schon ein imposanter Anblick."

Marie sah Peters Gesichtsausdruck und sagte lieber nichts. Kurz danach erreichte der Zug den Hauptbahnhof und sie stiegen aus. Marie hatte ein günstiges Hotel am Steindamm gebucht. Als sie den kurzen Weg vom Bahnhof zum Hotel zu Fuß gingen, zweifelte sie daran, ob das Hotel wirklich eine gute Wahl gewesen war. Gut, es war in Bahnhofsnähe und günstig, aber die Gegend wirkte nicht gerade vertrauenerweckend.

„Bist du sicher, dass der Preis des Hotels pro Nacht gilt?", fragte Peter sie. „Hier in der Gegend scheint es wohl hauptsächlich Stundenhotels zu geben."

Marie nickte. Auch sie hatte die Mädchen bemerkt, die ihre Dienste hier anboten. Gleichzeitig bemerkte sie aber auch, wie Peter die Mädchen interessiert beäugte. Vielleicht würde das ja seine Fantasie anregen. Seit ihrer Hochzeit war es doch im Bett etwas monoton geworden. Peter verführte sie zwar noch fast in jeder Nacht, aber er war nicht mehr so einfallsreich. Wenn Marie experimentieren wollte, lehnte er ab. Es war fast, als sei am Tag der Hochzeit der Priester mit unter die Decke gekrochen und achtete nun darauf, dass alles was im Bett vor sich ging nur noch zum Kinder machen diente während Spaß nicht mehr erlaubt war.

Sie wurden dann doch vom Hotel angenehm überrascht. Das Zimmer war sehr klein, aber sauber. Schnell packte Marie die Koffer aus.

„Komm mit unter die Dusche, Peter. Ich will mir den Schmutz von der Reise abwaschen. Es wäre schön, wenn du mir dabei den Rücken abschrubbst."

Müde winkte Peter ab: „Lass uns schnell was essen gehen. Ich bin müde und habe Hunger."

Enttäuscht zog Marie sich wieder an. So hatte sie sich den Urlaub nicht vorgestellt.

Sie fanden ein nettes Restaurant und das Essen entschädigte Marie etwas. Als sie wieder im Hotel zurück waren, schlief Peter sofort ein. Marie lag noch lange wach und konnte nicht einschlafen. Am nächsten Morgen erwachte sie davon, das etwas Hauchzartes über ihre Haut strich. Sie lag auf dem Bauch, hielt die Augen geschlossen und überlegte, was es sein konnte. Für Peters Hand war es zu weich und zu leicht. Marie hielt die Augen geschlossen. Wenn es ein Traum war, wollte sie ihn nicht vertreiben.

Das Etwas strich ihren Rücken hinunter, spielte kurz über ihre Pobacken, wanderte dann an der Außenseite ihres rechten Oberschenkels entlang zu ihrem Fuß. Nachdem es kurz ihren Fuß gekitzelt hatte, wanderte es an der Innenseite des Oberschenkels hoch. Marie hielt die Luft an, als es sich ihrer Grotte näherte, die langsam feucht wurde. Doch es berührte sie dort nicht, sondern bog kurz vorher über ihren Schenkel ab und wanderte wieder über ihren Po. Dann fand es den Spalt zwischen den Pobacken und wanderte aufreizend langsam tiefer.

„Gefällt es dir?", hörte sie Peters Stimme an ihrem Ohr.

Marie öffnete die Augen. Das war doch kein Traum, sondern real. Sie nickte.

„Willst du jetzt aufstehen? Die Stadtrundfahrt startet in einer halben Stunde", flüsterte Peter in ihr Ohr. „Ich könnte jetzt aber auch weitermachen und wir verschieben die Stadtrundfahrt auf später."

Maries Stimme war heiser: „Ja, bitte!"

Peter lachte leise und das leichte Etwas auf ihrer Haut verschwand. Stattdessen strich Peters Hand sanft über ihren Rücken. Sie wanderte tiefer, kniff kurz in ihre Pobacken und strich dann sanft an der Außenseite des linken Oberschenkels entlang. Dabei küsste er ihr Hinterteil. Als seine Hand an der Innenseite ihres Oberschenkels nach oben wanderte, konnte Marie es kaum noch aushalten, zitterte vor Verlangen.

Kurz vor ihrem Paradies stoppte Peter seine Hand. Marie wollte schon protestieren, als die Hand weiter wanderte und Peter einen Finger in ihre feuchte Höhle versenkte. Marie stöhnte zufrieden. Forschend bewegte Peters Finger sich in ihr. Bald kam noch ein zweiter hinzu, während ein anderer Finger ihren Anus massierte. Willig drückte Marie sich ihm entgegen, stöhnte vor Verlangen.

„Nicht so schnell meine Liebe", hörte sie Peters Stimme. „Ich möchte auch noch meinen Spaß haben."

Schnell schob er sich auf ihren Rücken, drang mit einem einzigen Stoß in sie ein. Willig öffnete Marie ihre Beine, um ihn noch tiefer in sich aufzunehmen. Dieses Angebot nahm Peter sofort an, versenkte seinen Luststab noch tiefer in ihr. Mit kräftigen, tiefen Stößen brachte er sie schnell zum Höhepunkt. Marie schrie ihre Lust hinaus. Da gab es auch für Peter kein Halten mehr. Er stieß noch einmal tief zu und dann spürte Marie seinen heißen Saft in ihr. Schwer atmend blieb Peter auf ihr liegen.

Nachdem sie beide wieder zu Atem gekommen waren, fragte Peter sie: „Lust auf eine Stadtrundfahrt?"

„Eher auf eine Flasche Sekt am Bett und eine Fortsetzung," grinste Marie.

„Dann wirst du das Musical heute Abend verpassen", lachte Peter.

Sie kuschelten sich aneinander und schliefen eng umschlungen ein. Als sie erwachten, mussten sie sich beeilen, um noch rechtzeitig zur Aufführung zu kommen, aber sie schafften es.

Nach der Vorstellung fielen sie todmüde ins Bett.

„Das war ein wunderschöner Tag, danke", sagte Marie noch, dann schlief sie schon.

Am nächsten Morgen erwachte Marie als Erste. Sie weckte Peter mit sanften Küssen und Streicheln. Sie konnte erkennen, dass er es genoss, doch er ging nicht auf weitere Verführungsversuche ein.

„Lass uns frühstücken. Wir haben gestern kaum etwas gegessen. Wenn ich schon wieder sportliche Höchstleistungen erbringen muss, falle ich vom Fleisch. Ich entschädige dich später, denn ich habe so einige Ideen."

Marie war ein bisschen enttäuscht, gleichzeitig auch neugierig und so zog sie sich an und folgte ihm zum Frühstücksbuffet.

Nach einem ausgiebigen Frühstück machten sie eine Stadtrundfahrt. Da es ein warmer, sonniger Tag war, saßen sie oben im offenen Doppeldeckerbus ganz vorn. Alle anderen Plätze auf dem Oberdeck wurden durch eine in braun, grau und beige gekleideten Rentnergruppe besetzt. Peters Hand lag während der Fahrt auf Maries Oberschenkel. Sie trug nur einen kurzen Rock. Als sie Peters Hand auf ihrer nackten Haut spürte, dachte sie an ihre Erlebnisse vom Vortag und spürte, wie sie feucht wurde.

Nach kurzer Zeit fuhr der Bus über die Reeperbahn. Alle Mitreisenden auf dem Oberdeck reckten die Hälse, damit ihnen nichts entging.

„Sie würden gern und können nicht mehr", raunte Peter Marie ins Ohr. „Anders, als bei uns."

Bei diesen Worten versenkte er zwei Finger tief in ihrem heißen Spalt. Marie stöhnte.

„Lass dir nichts anmerken! Konzentriere dich auf das was du siehst und das, was der Reiseführer erzählt."

Es fiel Marie schwer, sich auf den Rest der Stadtrundfahrt zu konzentrieren, denn Peters wissende Finger trafen genau die richtigen Stellen, brachten sie immer wieder an den Rand des Orgasmus. Als Marie dachte, es nicht mehr aushalten zu können, erreichte der Bus die Endhaltestelle. Peter zog seine Finger zurück, leckte sie genüsslich ab.

„Das war doch schon mal eine schöne Vorspeise", sagte er. „Nun sollten wir uns ein leckeres Fischgericht als Hauptgang gönnen."

Marie fragte sich, was er vorhatte, dass er sie so zappeln ließ.

Peter schien sich vorab gut über Hamburg informiert zu haben. Er brachte sie ins Portugieserviertel, wo sie ausgezeichneten Fisch aßen. Danach gingen sie zu den Landungsbrücken. Marie wollte gerne mit einer der Hafenfähren fahren, doch Peter zog sie zu einer Treppe gegenüber von den Landungsbrücken.

„Komm, meine Liebe. Klettere mit mir die Treppe hoch. Es ist zwar anstrengend, aber da oben vom Hotel Hafen Hamburg hat man wahrscheinlich einen tollen Ausblick über den Hafen."

Marie folgte ihm unzufrieden, schnaufte auf den letzten zwanzig Stufen heftig. Doch als sie sich oben umdrehte, sah sie, dass Peter recht hatte. Der Ausblick über den Hafen war einfach atemberaubend und die Mühe wert. Sie konnte sich kaum sattsehen an dem Anblick. Als sie schon wieder nach unten zu den Landungsbrücken gehen wollte, entdeckte sie die Sudpfanne – ein Erinnerungsstück an die alte Astra-Brauerei hier oben, auf deren Gelände sich nun ein Nobelhotel und Büroräume befanden.

„Peter, schau her!", rief sie begeistert. „Ist das nicht schön? Und das Kupfer ist so wunderbar warm in der Sonne."

Peter strich über das Metall, danach über die warme Haut von Maries Beinen.

„Stimmt", sagte er. „Das Metall ist genauso warm wie du. Aber deine Haut ist viel weicher."

Er streichelte ihre Beine. Seine Hände wanderten zu ihrem Po, kneteten ihn sanft.

„Lust auf einen Quickie?", fragte er sie.

Marie nickte, konnte sich aber nicht vorstellen, wie er das anstellen wollte.

„Dreh dich um!", flüsterte Peter ihr ins Ohr. „Umarme die Sudpfanne, genieße die Aussicht über den Hafen. Und spreize die Beine dabei ein bisschen."

Marie folgte Peters Anweisungen, spürte die Wärme des Metalls auf ihrer Haut. Sie sah das Glitzern der Elbe, die geschäftigen Hafenfähren, sah die riesigen Containerschiffe, die be- und entladen wurden. Dann spürte sie Peters Hände auf ihrer Haut. Das sie dabei Zuschauer haben könnte, erregte sie zusätzlich. Sie hatten öffentlich Sex und waren doch anonym. Undenkbar in ihrem Heimatort, wo sie jeder kannte. Peter hielt sich nicht lange mit dem Vorspiel auf. Seine Hand glitt an der Innenseite ihrer Oberschenkel nach oben, schob ihr Höschen beiseite und dann drang er auch schon in sie ein.

„Hoffentlich kommt jetzt niemand vorbei", dachte Marie kurz, doch dann schaltete sie die Welt um sich herum fast vollständig aus. Sie genoss den Blick über den Hafen, während sie Peter tief in sich aufnahm. Sie zitterte vor Erregung, nach kurzer Zeit erlebte sie einen nie dagewesenen Höhepunkt. Marie biss sich auf die Lippen, um es nicht laut herauszuschreien. Gleichzeitig hörte sie Peters unterdrücktes Stöhnen an ihrem Ohr, als er sich in sie ergoss. Kurz blieben sie so stehen, dann setzten sie sich auf eine Bank in der Nähe, um den Blick über den Hafen noch ein wenig zu genießen. Keine Sekunde zu früh, denn in diesem Moment kamen Leute die Treppe hinauf.

Peter grinste: „Na, da hätten wir ja fast Zuschauer gehabt. Lust auf eine Hafenrundfahrt mit der Fähre?"

Während sie die Elbvororte vom Wasser aus betrachteten, standen sie am Oberdeck. Marie lehnte sich an die Reling, während Peter sich von hinten an sie presste und sie umarmte. Es kribbelte fast ununterbrochen in Maries Bauch, weil sie immer wieder an das Geschehen bei der Sudpfanne dachte.

Sie fuhren nach Finkenwerder und von dort aus weiter bis Teufelsbrück.

Als sie wieder bei den Landungsbrücken ankamen, bettelte Marie: „Komm, lass uns die Strecke noch mal fahren. Es war so schön und mit unserer Tageskarte können wir doch fahren, sooft wir wollen."

Sie machten die Reise noch dreimal. Bei der letzten Fahrt war es bereits dunkel. Peter und Marie saßen im Salon und tranken Sekt.

Marie war glücklich: „Das ist ein wunderschöner Urlaub. – Danke!"

Peter lachte: „ Dabei hast du die Hauptattraktionen der Stadt noch gar nicht richtig gesehen."

Marie schaute ihn fragend an.

„Na, die Reeperbahn. Die kurze Busfahrt heute morgen zählt nicht. Was hältst du von einem Reeperbahnbummel heute Abend?"

Marie winkte müde ab: „Ich bin heute zu müde und auch zu betrunken. Lass uns das auf morgen verschieben, sozusagen als krönender Abschluss unserer Reise."

Peter war es recht. Im Hotel angekommen schliefen beide sofort ein.

Am nächsten Vormittag ließ Peter sich von Marie zu einer Shoppingtour rund um die Mönkebergstraße überreden. Sie kaufte zwei Kleider und ein paar Schuhe.

„Ich brauche doch ein schönes Andenken aus Hamburg, das nicht nur im Schrank verstaubt", begründete Marie ihre Einkäufe. „Die Sachen hier kann ich regelmäßig anziehen und dabei an Hamburg denken. Willst du dir nicht auch ein Andenken aus Hamburg kaufen?"

Peter nickte: „Doch, ich dachte dabei auch an etwas Praktisches, aber das bekommen wir hier nicht."

Dann wechselte er das Thema: „Lass uns die Einkäufe ins Hotel bringen und von dort zum

Essen ins Portugieserviertel fahren. Der Fisch dort ist so lecker."

Marie war einverstanden und so machten sie sich auf den Weg. Dabei fragte sie sich immer wieder, was für ein Andenken an Hamburg Peter wohl kaufen wollte, fragte ihn aber nicht.

Nach dem Essen spazierten sie noch eine Weile durch die Speicherstadt, dann zog Peter Marie in Richtung Landungsbrücken.

„Es wird Zeit für unseren Reeperbahnbummel, meine Liebe."

„So früh schon! Es ist doch noch gar nicht dunkel."

„Naja, ich wollte ja auch erst noch zum Millertorstadion."

„Peter!", Marie war empört. „Du verlangst doch wohl nicht, dass ich mir in unserem Urlaub ein Fußballspiel ansehe!"

Peter lachte: „Keine Sorge, heute ist kein Spiel. Ich möchte nur ein bisschen im Fanshop vom FC St. Pauli stöbern."

Marie glaubte der Erklärung nicht so recht. Wollte Peter als eingefleischter Fan der Münchner Löwen,

Fanartikel vom FC St. Pauli kaufen? Widerstrebend ging sie mit.

Gelangweilt schaute sie sich im Shop um. Doch dann entdeckte sie ein Kleidungsstück, dass sie für Peter gerne tragen würde: ein schwarzer BH mit dem FC St. Pauli Totenkopf darauf. Peter folgte ihrem Blick.

„Ich hoffte, dass er dir gefallen würde."

Er kaufte den BH und dazu noch ein schwarzes Quietscheentchen mit Totenkopf drauf für die Badewanne.

Dann begannen sie ihren Reeperbahnbummel. Obwohl Peter all seine Überredungskünste einsetzte, war Marie nicht dazu zu überreden, eins der Lokale zu betreten. An der nächsten Eingangstür wollte Marie auch vorbei gehen, doch Peter nahm ihren Arm und zog sie mit sich.

„Nein, dieses Mal kommst du mir nicht davon. Hier ist ein riesiger Erotik-Shop. Da möchte ich mit dir rein. Vielleicht finden wir ja ein schönes Spielzeug als kleines Andenken an Hamburg."

Marie staunte: Der Shop war riesig, ging über zwei Stockwerke. Hier gab es für jeden Geschmack etwas.

Peter und Marie standen vor einer riesigen Auswahl von Dildos in allen Farben und Größen.

„Na", fragte Peter, „welcher von denen könnte dir gefallen?"

„Die da rechts auf keinen Fall", sagte Marie. „Die sind so riesig, die würden mich zerreißen. Ich kann mir nicht vorstellen, dass es Frauen gibt, in die so etwas reinpasst."

Dann stand sie vor einer Vitrine mit Glasdildos.

„So einen würde ich gerne ausprobieren."

„Ich mache da gerne mit", sagte Peter und rief den Verkäufer heran.

Dazu kaufte er noch Liebeskugeln und ein Gleitgel.

„Möchtest du noch über die Reeperbahn bummeln, oder wollen wir zum Hotel zurück fahren und dort eine Bar in der Nähe suchen, um noch einen Absacker zu trinken?"

Marie entschied sich für das Hotel.

Als sie dort angekommen waren, sagte Peter: „Ich würde jetzt gerne noch in einer Bar eine Flasche

Sekt zum Abschluss dieses schönen Urlaubs trinken."

Marie strahlte ihn an: „Gerne, und danke für diesen wunderschönen Urlaub. Morgen geht unser Zug erst mittags, da können wir ja fast ausschlafen."

Peter küsste sie, knabberte an ihrem Ohrläppchen und flüstere ihr dann ins Ohr: „Du würdest mir eine große Freude machen, wenn du in der Bar die Liebeskugeln trägt."

Marie konnte sich zwar nicht vorstellen, was Peter damit bezweckte, wollte ihm aber den Gefallen tun. Sie nahm die Kugeln und das Gleitgel und ging ins Badezimmer. Sie war unsicher und wollte sich nicht zuschauen lassen.

Die Kugeln lagen schwer in ihrer Hand. Wenn Marie sie etwas schüttelte, bewegte sich die unsichtbare innere Kugel und Marie spürte die Vibration der Kugeln. Wie mochte es sich wohl anfühlen, wenn sie die Kugeln trug? Nun ja, gleich würde sie es wissen. Sie strich die Kugeln mit reichlich Gleitgel ein und führte sie dann ein. Neugierig horchte sie in ihren Körper. Sie spürte die Kugeln in sich. Ein wenig fremd, aber nicht unangenehm. Langsam ging sie ein paar Schritte und spürte eine leichte Vibration. Ein angenehmes Gefühl. Sie zog sich an und verließ das Bad.

Peter wartete schon auf sie. Marie wollte zum Fahrstuhl gehen, doch Peter zog sie zum Treppenhaus. Als sie die Treppen hinuntergingen, vibrierten die Kugeln stärker. Marie spürte, wie sich ihre Beckenmuskeln automatisch anspannten. Es kribbelte angenehm in ihrem Bauch. Als sie unten angekommen waren, wollte sie zurück aufs Zimmer, statt der Kugeln Peters Zauberstab in sich spüren. Doch Peter ging nicht darauf ein.

„Nein meine Liebe", sagte er. „Heute ist unser letzter Urlaubstag und da möchte ich dich noch mit Sekt verwöhnen."

Marie dachte sich, dass Peter sie auch mit Sekt auf dem Zimmer verwöhnen könne, sagte aber nichts. Die Bar die Peter für sie ausgesucht hatte, gefiel ihr. Peter bestellte eine ganze Flasche Sekt und sie stießen miteinander an. Dabei vibrierten die Kugeln in ihr. Marie stöhnte leise.

Sie sah sich um. Ob es jemand gehört hatte? Sie konnte es an den Gesichtern nicht erkennen. Aber sie sah etwas anderes: Die Männer warfen ihr bewundernde und zum Teil gierige Blicke zu. Marie konnte in ihren Augen lesen, dass sie sie als eine sehr attraktive Frau ansahen. Das ist ihr noch nie passiert, wenn sie daheim mit Peter ausging.

Hatte der Urlaub sie attraktiver gemacht? Oder hatten die Liebeskugeln ihre Ausstrahlung verändert? Wie als Antwort vibrierten die Kugeln und ein heißer Schauer lief durch Maries Körper. Sie wollte zurück ins Hotel, Peters Körper überall spüren.

Doch er schien alle Zeit der Welt zu haben, bestellte gerade eine zweite Flasche Sekt.

Als sie sich zugeprostet hatten, küsste er sie und flüsterte ihr dann ins Ohr: „Ich freue mich schon auf die Nacht mit dir. Und ich beobachte gerade die Gesichter der anderen Kerle. Hier sitzen mindestens fünf, die auf der Stelle mit dir mitgehen würden, wenn du sie ansprichst. Wenn du Lust hast, würde sich wahrscheinlich sogar Jemand für einen Dreier finden."

Marie schüttelte den Kopf: „Ich will nur dich. Und das bald."

Peter lachte und Marie spürte, dass die anderen Frauen ihr eifersüchtige Blicke zuwarfen. Sie rückte dichter an Peter heran. Dieser streichelte ihre Oberschenkel, spielte mit ihrem Rocksaum. Marie hielt die Luft an, hoffte, dass die Hand höher wandern würde, doch den Gefallen tat Peter ihr nicht. Stattdessen brachte er sie immer wieder dazu, sich zu bewegen, so dass die Vibrationen der Kugeln sie fast um den Verstand brachten.

Als auch die zweite Flasche Sekt geleert war und sie sich auf den Weg zurück ins Hotel machten, zitterte Marie vor Verlangen. Sie konnte sich kaum noch auf den Beinen halten. Sie wollte, dass Peter sie sofort nahm. Hier, hier jetzt auf der Straße. Mögliche Zuschauer waren ihr egal. Doch Peter nahm sie in den Arm, führte sie den kurzen Weg bis zum Hotel.

Dort angekommen wollte Marie die Liebeskugeln sofort entfernen, um statt dessen Peter dort zu spüren.

Doch er hielt sie davon ab: „Lass sie drin. Ich möchte noch ein bisschen mit ihnen spielen."

Sanft schob er Marie ins Bett, zog sich selbst schnell aus. Dann legte er sich zu Marie, küsste sie. Langsam öffnete er ihre Bluse, streichelte ihren Bauch. Dann nahm er eine Feder zur Hilfe.

Marie kicherte: „Das war es also, womit du mich hier am ersten Morgen geweckt hast."

„Kluges Mädchen", sagte Peter und machte weiter.

Nach einiger Zeit legte er die Feder beiseite und hob Maries Brüste aus dem BH. Er küsste sie. Dann nahm er die Feder und strich damit über die empfindlichen Spitzen. Marie stöhnte, zitterte vor Erregung.

Peter lachte leise, wanderte mit Zunge und Feder über ihren Bauch nach unten. Dann zog er ihr den Rock und das Höschen, das schon völlig durchnässt war, aus. Er küsste ihre Füße. Dann wanderte seine Zunge auf der Innenseite des einen Schenkels nach oben, während die Feder auf der Innenseite des zweiten spielte. Marie stöhnte, bewegte den Unterkörper leicht, um die Kugeln wieder zum Vibrieren zu bringen. Peter bemerkte es, lachte.

„Du bist gierig!", sagte er.

Er kniete zwischen ihren Schenkeln, schob seine Hände unter ihren Po, hob ihn an und bewegte ihn, so dass die Kugeln heftig vibrierten. Marie stöhnte, zitterte vor Verlangen.

Als Peters Zunge dann sanft ihre Knospen berührte, entlud sich Maries Anspannung in einer heftigen Explosion. Sie schrie, zitterte, während ihr gleichzeitig Freudentränen über ihre Wangen liefen.

Peter hielt sie im Arm, bis sie sich wieder beruhigt hatte. Dann zog er die Liebeskugeln langsam heraus und küsste sie sanft.

„Schlaf schön, meine Liebe, wir haben morgen eine anstrengende Heimreise vor uns."

Am nächsten Morgen schliefen sie lange, erreichten ihren Zug nur mit Mühe. Als sie über die Elbbrücken fuhren, fragte Marie sich, was Peter wohl mit dem Glasdildo anstellen würde.

Berlin

Ein Weiberwochenende in Berlin. Susi und Beate hatten sich an diesem Wochenende „männerfrei" genommen – obwohl das Ansichtssache war: Ihre Männer hatten sich am Wochenende wieder einmal – wie so oft in den letzten Monaten – zum Angeln verabredet und ihre Frauen zuhause sitzen gelassen.

Beate hatte Susi dann vorgeschlagen, auch etwas zu unternehmen, statt zuhause zu versauern. Susi hatte begeistert zugestimmt.

Nun war der langersehnte Freitagmorgen endlich da. Sie saßen im Zug nach Berlin. Susi packte einen Reiseführer aus und begann zu lesen.

„Du, Beate. Wir müssen unbedingt zum Olympiastadion, Alexanderplatz, Berliner Dom, zur Siegessäule ..."

„Mensch, Susi", unterbrach Beate sie. „Willst du den ganzen Tag lang zusammen mit Rentnern in irgendwelchen Bussen eingepfercht sitzen und dem langweiligen Geschwafel von genervten Fremdenführern zuhören? Ich will jedenfalls was erleben."

Susi sah sie fragend an: „Was willst du dir denn ansehen?"

Beate lachte: „Ich habe mir mal 'ne Liste der angesagtesten Clubs und Bars besorgt. Statt alten Gemäuers will ich mir lieber die Sehenswürdigkeiten der Berliner Männerwelt ansehen."

Susi war unsicher: „Aber unsere Männer ..."

„... fahren regelmäßig zusammen zum Angeln, erwarten, dass wir ihnen ständig langweiligen Fisch kredenzen und schlafen dann in schöner Regelmäßigkeit schnarchend neben uns ein", unterbrach Beate sie. „Oder läuft bei dir in den letzten Monaten was im Bett?"

Susi schüttelte den Kopf.

„Na also", sagte Beate. „Bei mir ist das genauso. Und ich habe keine Lust mehr darauf zu warten, dass ich irgendwann die Spinnweben vor meiner Liebeshöhle wegfegen muss. Ich wollte mir dieses Wochenende von einem netten Liebhaber versüßen lassen."

Susi sagte nichts, aber ihre Augen leuchteten auf.

„Mach dir keine Sorgen, Susi. Wir werden unseren Männern trotzdem Fotos von unserem touristischen Berlinprogramm zeigen können. Wir machen die Kurztour."

„Wie denn das?"

„Och, Susi, hast du denn deinen Reiseführer nicht richtig gelesen? Es gibt einen Linienbus zwischen Bahnhof Zoo und Alexanderplatz, der an mindestens zwanzig Sehenswürdigkeiten Berlins vorbeifährt. Wir bringen unser Gepäck erst mal ins Hotel, dann setzen wir uns in den Bus und fotografieren von da aus reichlich, damit wir die notwendige Fotodokumentation für unsere Reise haben. Danach kümmern wir uns um das wichtige Programm."

Jetzt entspannte Susi sich: „Das ist eine gute Idee. Ich möchte aber trotzdem auch noch zum Olympiastadion und das ansehen. Morgen vielleicht. Heute haben wir ja genug vor."

Kurz danach erreichte der Zug Berlin. Bis zum Hotel brauchte das Taxi weniger als zehn Minuten. Vorm Einchecken zögerte Susi.

„Meinst du, wir sollten uns wirklich ein Doppelzimmer teilen? Oder sind bei unserem touristischen Programm zwei Einzelzimmer besser geeignet? So viel teurer sind die ja auch nicht."

Beate nickte und kurz danach bezogen die Frauen ihre Hotelzimmer in der Nähe des Tiergartens. Eine halbe Stunde später trafen sie sich wieder.

Susi war etwas nervös: „Beate, als ich meinen Koffer ausgepackt habe, ist mir aufgefallen, dass ich nur bequeme Wandersachen im Koffer habe, aber nichts Schickes zum Ausgehen. Meinst du wir finden heute Nachmittag noch passende Klamotten für das geänderte Programm?"

„Klar doch. Wenn wir am Ku'damm nichts zum Anziehen finden, wo dann?"

Kurz danach fuhren sie mit der S-Bahn zum Alexanderplatz. Dort stiegen sie in den 100-er Bus zum Bahnhof Zoo. Die Strecke betrachteten die beiden nur durch die Linse ihrer Fotoapparate, um sicher zu sein, dass sie auch wirklich alle Sehenswürdigkeiten auf der Strecke fotografiert hatten.

Vom Bahnhof Zoo schlenderten sie über den Kurfürstendamm und wurden auch hier schnell fündig: Susi kaufte sich einen engen, schwarzen Hosenanzug aus fließendem Stoff, der ihre Figur perfekt betonte und an den richtigen Stellen tief ausgeschnitten war, dazu schwarze High Heels.

Beate kleidete sich ganz in rot ein: ein vorne hochgeschlossenes, rotes Kleid mit tiefem

Rückenausschnitt, das an der rechten Seite so hoch geschlitzt war, dass man beim Gehen fast das ganze Bein sehen konnte. Dazu trug sie rote Riemchensandalen mit einem schwindelerregend hohen Absatz.

Anschließend gingen sie in einer Seitenstraße bei einem ausgezeichneten Italiener essen und sorgten mit Prosecco schon einmal für die nötige Grundstimmung. Zwei gut aussehende Männer am Nachbartisch schauten hin und wieder zu ihnen rüber.

Als sie das Essen beendet hatten, fragte Susi: „Und was machen wir jetzt?"

„Ich würde sagen, wir fahren erst mal zurück zum Hotel und machen uns dann ausgehfein für das Berliner Nachtleben. Wäre ja schade, wenn wir die schönen Sachen völlig umsonst eingekauft hätten. Hast du 'ne bevorzugte Location, wo du heute Abend hinwillst?"

Susi zuckte mit den Schultern.

Da meldete sich einer der Männer am Nachbartisch: „Wenn ihr was erleben wollt, solltet ihr in Sammys Club gehen. Dort gibt es leckere Drinks zu angemessenen Preisen und gute Musik zum Tanzen."

Beate lächelte ihn an: „Danke für den Tipp!"

Er grinste: „Wir wollen dort auch noch hin, vielleicht treffen wir uns ja. Ihr seid dann von mir auf einen Drink eingeladen."

Die beiden Frauen standen auf und winkten zum Abschied.

Als sie sich umgezogen hatten und sich wieder auf den Weg zur S-Bahn machten, fragte Susi: „Willst du wirklich in die Bar, die uns die Typen empfohlen haben?"

Beate zuckte mit den Schultern: „Klar, warum denn nicht? Die Beschreibung von dem Laden hörte sich doch gut an und die Typen sahen auch lecker aus. Wenn es uns nicht gefällt, können wir ja wieder gehen."

Susi nickte: „Aber eins möchte ich gleich klären: wenn es dazu kommt, möchte ich den Rothaarigen."

Beate wunderte sich ein wenig über ihre Freundin, grinste dann aber.

„Ich ziehe ohnehin den Schwarzhaarigen vor. Das passt. Also, lass uns den Abend genießen."

Kurz danach erreichten sie die Bar, bestellten erst einmal einen Prosecco und sahen sich um. Ein blonder Mann in der Nähe des Tresens lenkte Beates Blick auf sich. Er gefiel ihr. Doch das würde schwierig werden, denn er passte auch genau in Susis Beuteschema. Was würde passieren, wenn Beate die Finger nach ihm ausstreckte? Würde Susi eifersüchtig werden, oder gar dazwischen gehen?

Susis Stimme riss sie aus ihren Gedanken. „Ich will morgen Nachmittag aber auf jeden Fall zur Waldbühne und zum Olympiastadion. Vom Glockenturm soll man einen wunderbaren Blick über Berlin haben."

Dann wurde Beates Frage erst einmal beantwortet: „Hallo ihr beiden. Schön, dass wir uns hier wiedergetroffen haben. Darf ich euch zu dem versprochenen Drink einladen?"

Susi strahlte ihn an: „Klar darfst du. Wir trinken gern Pina Colada."

Kurz darauf stand er mit den Getränken vor den Frauen.

„Ich bin Danny und das ist mein Freund Lars", stellte er sich und seinen rothaarigen Freund vor.

„Ich bin Susi und das ist meine Freundin Beate", übernahm Susi die Vorstellung der Frauen.

Dabei verschlang sie Lars fast mit ihren Blicken. Beate konnte fast spüren, wie die Luft vor Spannung knisterte. Es wurde ein schöner Abend. Sie tanzten und lachten viel.

Um drei Uhr morgens änderte sich die Musik. Beate hatte keine Lust mehr zu tanzen, obwohl Danny ein ausgezeichneter Tänzer war. Suchend sah sie sich nach Susi und Lars um.

Danny entdeckte sie als erster: „Sieht so aus, als hätten die beiden schon lange keine Lust mehr zum Tanzen, Hoffentlich reißen sie sich nicht gleich hier im Laden die Klamotten vom Leib."

Beate lachte, musste ihm aber recht geben. Susi und Lars saßen eng umschlungen in einer Ecke. Susi saß auf Lars' Schoß, beide Hände unter seinem T-Shirt. Seine Hände steckten in Susis Hosenanzug. Es war deutlich zu erkennen, dass die eine Hand ihren Busen verwöhnte, während die andere Hand sie deutlich tiefer liebkoste. Dazu küssten sie sich leidenschaftlich. Es war Susis Gesicht deutlich anzusehen, dass sie kurz vor der Explosion stand.

Beate spürte ein warmes Kribbeln im Bauch. Wenn Danny sie doch auch so anfassen würde ... In diesem Moment fühlte sie eine Hand auf ihrem Po.

Danny flüsterte ihr ins Ohr: „Was meinst du? Lars und ich wohnen in einer WG. Sollten wir Susi und Lars vielleicht besser schnappen und zu unserer Wohnung fahren, bevor die beiden sich hier noch die Kleider vom Leib reißen und wegen Erregung öffentlichen Ärgernisses eingesperrt werden?"

Beate wünschte sich in diesem Moment, dass Danny niemals loslassen würde. Zusammen mit ihm in seiner Wohnung, in seinem Zimmer, ohne Zuschauer. Heiße Schauer liefen bei dem Gedanken durch ihren Körper.

Danny sah sie an, wartete auf Antwort.

„Ja!", flüsterte Beate. „Das ist eine gute Idee. Lass uns gehen."

Sie hatten einige Mühe, Lars und Susi aus ihrer Ecke herauszubekommen und in ein Taxi zu bugsieren. Auf der Rückbank fielen die beiden schon wieder übereinander her. Beate war es peinlich, denn sie sah, wie der Taxifahrer die beiden beobachtete. Er schaute mehr in den Rückspiegel als auf die Straße.

Danny saß auf dem Beifahrersitz, schaute zum Taxifahrer hin, grinste breit und zwinkerte Beate zu. Doch sie verstand nicht, was Danny ihr mit seinem Blick sagen wollte. Sie konnte nicht sehen, was ihn so belustigte.

In diesem Moment hielt das Taxi. Sie waren bei der Wohnung angekommen. Danny zahlte und hatte dann zusammen mit Beate einige Mühe, Lars und Susi aus dem Taxi raus zu bekommen. Irgendwie schafften sie es auch noch, die beiden in die Wohnung zu bringen. Dort angekommen verschwanden Lars und Susi ohne ein einziges Wort an Danny oder Beate zu richten, in Lars Zimmer.

Danny schaute Beate an: „Wollen wir es den beiden nachmachen, oder magst du noch einen Sekt mit mir trinken?"

Beate war nach der anstrengenden Taxifahrt ziemlich ernüchtert. Das wunderbare Gefühl, dass sie hatte, als sie Dannys Hand auf ihrem Po spürte, war verflogen. Sie brauchte Zeit.

Danny spürte dies, ging in die Küche, kehrte mit einer Flasche Sekt und zwei Gläsern zurück. Nachdem er den Sekt eingeschenkt hatte, prostete er Beate zu.

„Lass uns darauf trinken, dass Lars und Susi nicht verhaftet wurden. Außerdem bin ich froh darüber, dass es uns gelungen ist, den Taxifahrer in seinem Taxi zu lassen, und er uns nicht mit seiner Anwesenheit beehrt."

Beate wurde neugierig: „Wieso das?"

Danny lachte: „Du hast hinten gesessen, deshalb konntest du seinen Ständer nicht sehen. Es hat ihn gewaltig angemacht, Lars und Susi im Rückspiegel zu beobachten. Erstaunlich, dass er dabei das Auto noch auf der Straße halten konnte."

Beate war entsetzt.

Danny merkte es sofort: „Keine Angst. Ich habe ihn und die Straße die ganze Zeit beobachtet und hätte notfalls eingreifen können."

Lautes Stöhnen kam aus Lars Zimmer.

Danny grinste: „Na, da haben wir die beiden ja gerade noch rechtzeitig nach Hause gebracht. Prost!"

Nun lachte Beate. Der Sekt war lecker. Sie betrachtete Danny genauer. Er war sehr attraktiv. Schon seltsam. Sie hatte Susi die Reise vorgeschlagen, um sich einen Liebhaber fürs Wochenende zu suchen. Nun tobte Susi deutlich hörbar mit ihrem Lover durchs Bett, während sie hier völlig verklemmt auf dem Sofa saß und kaum eine Unterhaltung am Laufen halten konnte.

Susi schrie laut. Es war nicht zu überhören, dass sie Spaß hatte.

„Bist du sauer auf mich?", drang da Dannys Stimme in ihre Gedanken.

Beate zuckte zusammen. „Nein, wie kommst du darauf?"

„Du sprichst seit fast fünf Minuten nicht mehr mit mir und hast Zornesfalten auf der Stirn. Was habe ich falsch gemacht?"

„Nichts ...", Beate stotterte fast. „Ich ärgere mich höchstens über mich selbst. Ich sitze hier mit einem total netten, attraktiven Mann, höre meiner Freundin frustriert beim Sex zu und bin zu feige, dem Mann zu sagen, was ich eigentlich möchte."

„Dann lass ihn doch einfach mal Gedanken lesen."

Danny zog sie von ihrem Sitzplatz hoch und küsste sie. Das schöne Gefühl aus der Bar stellte sich bei Beate wieder ein. Dannys Küsse wurden fordernder, er streichelte ihren Po. Jetzt ging ein Ziehen durch Beates Unterleib. Sie stöhnte leise, drängte sich an Dannys Körper. Sie konnte spüren, wie hart er war. Doch er beherrschte sich, küsste und streichelte sie nur. Beate wollte mehr, öffnete seine Hose. Sie kniete vor ihm, fing an, ihn mit dem Mund zu verwöhnen.

„Nicht hier", flüsterte Danny heiser. „Die beiden könnten aus dem Zimmer rauskommen und uns sehen."

Beate staunte darüber, wie schüchtern er war, als es zur Sache gehen sollte. Mit seinen Worten war er nicht so zurückhaltend.

Trotzdem ließ sie sich widerstandslos von ihm in sein Zimmer ziehen. Die Nacht erfüllte Beates Hoffnungen an ihren Berlin-Trip nicht. Danny war zwar ein zärtlicher Liebhaber, doch er langweilte sie.

Als Beate es vor Erregung kaum noch aushalten konnte, wollte sie Danny auf sich ziehen, damit er endlich tief in sie eindrang. Doch er ließ es nicht zu, streichelte weiter.

„Nicht so schnell", flüsterte er. „Wir haben noch die ganze Nacht Zeit."

Das stimmte zwar, aber Beate wollte ihn trotzdem jetzt in sich spüren und nicht mehr länger warten. Sie ärgerte sich über ihn, ihre Erregung ließ nach, die Stimmung kippte.

Danny bemerkte ihr Unbehagen: „Tut mir leid, dass ich dich so bedrängt habe, obwohl wir uns kaum kennen ..."

Beate schüttelte dem Kopf: „Nein, das ist es nicht ..."

Sollte sie es ihm erklären? Nein, wozu unnötig Zeit verschwenden, sagte sie sich und ergriff die Initiative. Sie küsste ihn und streichelte dabei sanft die Innenseite seiner Oberschenkel. Seine Hände wanderten über ihren Bauch und Rücken. Beate zitterte vor Verlangen, wartete darauf, dass er endlich ihre Brüste berührte. Doch die sparte er bei seinen Berührungen sorgsam aus. Beate fragte sich kurz, ob es zum Spiel gehörte, um sie noch mehr zu erregen, oder ob er einfach nur Angst hatte, sie dort zu berühren.

Ihre Hand wanderte weiter nach oben, berührten sanft seine Kronjuwelen. Danny zuckte zusammen, stöhnte leise. Aus dem Zimmer nebenan waren ein spitzer Schrei von Susi und lautes Stöhnen von Lars zu hören. Sie schienen wilden, hemmungslosen Sex zu haben. Und genau das wollte Beate auch, als sie den Berlinurlaub plante.

Sie griff fester zu, spielte mit seinen Hoden. Als sie sich über ihn beugte, um ihn mit dem Mund zu verwöhnen, drehte er sie abrupt auf den Rücken, war über ihr und drang mit einem kräftigen Stoß tief in sie ein. Beate schrie vor Lust auf. Genau das brauchte sie, darauf hatte sie so lange gewartet.

Danny stieß noch ein zweites Mal tief in sie, versuchte dabei das Stöhnen zu unterdrücken. Beate spürte im selben Moment, dass er sich in sie ergoss. Direkt danach rollte er sich von ihr herunter, drehte sich auf die Seite und schlief sofort ein.

Am nächsten Morgen wurde Beate von Kaffeeduft und Susis Stimme geweckt: „Los, aufstehen ihr Schlafmützen. Frühstück ist fertig."

Beate zog sich an und versuchte Danny zu wecken. Dessen einzige Reaktion war ein unwilliges Schnarchen.

Kopfschüttelnd ging sie zu Lars und Susi in die Küche. Die beiden sahen gut erholt aus und hatten ein opulentes Frühstück aufgefahren. Beate fragte sich, wie die beiden das geschafft hatten, denn anhand der Geräuschkulisse war es ihr vorgekommen, als hätten die beiden in der Nacht kein Auge zugemacht. Beate war müde und fühlte sich wie gerädert.

„Wo ist Danny?", fragte Susi.

Beate zuckte mit den Schultern.

„Den hat deine Freundin heute Nacht so ran genommen, dass er völlig erschöpft ist", sagte Lars mit spöttischem Unterton.

Beate verzog schmerzlich das Gesicht.

„Tut mir leid! Ich wollte dir nicht zu nahe treten", sagte Lars. „Ich hätte dich warnen sollen: Hunde die bellen, beißen nicht. Obwohl – so fertig, wie der ist. Hast du es etwa geschafft, ihn endlich zu entjungfern?"

Beates Gesichtsausdruck veränderte sich nur wenig, doch Lars bemerkte es und pfiff leise.

„Alle Achtung, du bist schon eine außergewöhnliche Frau. Ich hätte nie gedacht, dass das jemals passieren würde. Schade nur, dass er zu blöd war, dir auch Vergnügen zu verschaffen."

Beate wollte nicht darüber reden und Lars bemerkte es zum Glück an ihrem Gesichtsausdruck. Schweigend frühstückten die drei. Danny ließ sich nicht sehen.

Nach dem Frühstück drängte Susi auf einen raschen Aufbruch: „Los, Beate, lass uns gehen. Ich will noch was von Berlin sehen. Du hast es versprochen."

Beate hatte es auch ziemlich eilig wegzukommen. An der Tür verabschiedete Lars sie mit einem Kuss auf die Wange. „Danke, dass du Susi und mir so eine wunderschöne Nacht verschafft hast."

Wortlos verließ Beate die Wohnung. Sie war wütend.

Auf dem Weg zum Hotel sprach sie kein Wort mit Susi.

„Beate", begann Susi vorsichtig, als sie das Hotelfoyer betraten. „Ich würde heute gerne zum Olympiastadion fahren. Magst du mitkommen, oder bist du so sauer auf mich, dass du den Rest des Wochenendes alleine verbringen möchtest?"

Beates Wut war verraucht. Susi konnte nun wirklich nichts dafür, dass sie sich den falschen Mann ausgesucht hatte.

„Klar komme ich mit. Ich möchte nur vorher noch kurz duschen und mich umziehen."

„Klasse, lass dir Zeit. Ich wollte ohnehin noch ein paar Ansichtskarten schreiben. Wollen wir um eins losfahren?"

Beate umarmte sie. „Ich freue mich schon auf das touristische Programm."

Die warme Dusche tat ihr gut. Fröhlich ging Beate zusammen mit Susi zur S-Bahn. Das Wetter war gut, deshalb hatte sie weite bequeme Sommerkleidung angezogen, mit der sie auch längere Strecken zu Fuß zurücklegen konnte. Trotz der Wanderschuhe hatte Beate einen weiten, knielangen Rock gewählt.

Sie stiegen an der Haltestelle Olympiastadion aus und umrundeten es dann mit dem Uhrzeigersinn an den Reitanlagen vorbei bis zum Eingang mit dem Glockenturm.

Ein bisschen mulmig war es Beate schon, als sie im gläsernen Aufzug zur Aussichtsplattform hinauf fuhren. Die Aussicht war atemberaubend. Allerdings konnte Susi sie nicht dazu überreden, zusammen mit ihr die Treppe auf die Plattform hochzusteigen. Beates Höhenangst war stärker.

„Gehe doch einfach allein hoch und mach ein paar Fotos, die ich mir später ansehen kann", sagte sie.

Im selben Moment ging die Fahrstuhltür auf. Beate glaubte ein Gespenst zu sehen. Lars kam aus dem Fahrstuhl, gefolgt von einem blonden Mann, der Beate bekannt vorkam. Sie konnte sich aber nicht daran erinnern, wo sie ihn schon einmal gesehen hatte. Lars wollte seinen Begleiter vorstellen, doch Beate ignorierte ihn und ging zum Fahrstuhl.

„Nein, warte", rief Susi. „Ich will noch nach oben. Wenn die Typen dich nerven, nehme ich sie mit nach oben, damit du hier noch in Ruhe die Aussicht genießen kannst."

Widerstrebend drehte Beate sich um. Die beiden Männer folgten Susi tatsächlich. Beate fragte sich kurz, was die drei dort oben wohl treiben würden. Sie konnte sich gut vorstellen, dass Susi und Lars nach den Vorkommnissen der vergangenen Nacht sofort wieder übereinander herfallen würden. Aber sie hatten einen Zuschauer. Oder würde der mitmachen? Beate schüttelte den Kopf. Das sollte ihr alles egal sein. Sie konzentrierte sich wieder auf die Aussicht.

Den hohen Fernsehturm am Alexanderplatz hatte sie schnell gefunden.

Aber wo war der kleine Funkturm? Beate nahm den Stadtplan zur Hilfe, versuchte sich zu orientieren.

Da hörte sie eine dunkle Stimme an ihrem Ohr: „Du musst ein Stückchen weiter nach rechts gehen."

Lars' Begleiter. Beate hatte keine Lust auf eine Unterhaltung, antwortete nichts, folgte aber seinem Hinweis. Jetzt konnte sie den Funkturm sehen.

Er sagte nichts, war hinter ihr. Sie konnte seine Anwesenheit spüren. Es kribbelte in ihrem Nacken. Sollte sie sich umdrehen, Interesse zeigen?

Nein, sie hatte keine Lust auf eine weitere Abfuhr. Sie würde ihm die Initiative überlassen.

Er kam näher, sie spürte seinen Atem in ihrem Nacken. Dann strich er sanft mit seinen Fingerspitzen über ihren Arm. Es war angenehm, doch Beate wartete ab. Was würde er als nächstes tun? Beate hielt die Luft an.

„Dreh dich nicht um, genieße einfach die Aussicht", flüsterte er ihr ins Ohr.

Dann küsste er ihren Nacken, streichelte über ihren Rücken, bis hinunter zum Po. Warme Schauer durchfuhren Beate, sie zitterte leicht.

Wieder strichen seine Hände über ihren Po. Sie kam ihm ein Stückchen entgegen und er lachte leise. Der Unbekannte schob ihre Hüften ein Stück nach vorn. Danach strichen seine Hände an der Innenseite ihrer Schenkel nach oben. Beate konnte sich kaum noch beherrschen, wollte sie in sich spüren. Doch er tat ihr den Gefallen nicht.

„Dreh dich nicht um. Ich zeige dir jetzt die Waldbühne", flüsterte er ihr ins Ohr.

Dann legte er seine Hände auf ihre Schultern und dirigierte sie an der Mauer entlang nach links, bis sie zu einer Öffnung kamen, von der aus man die Waldbühne sehen konnte.

„Hier haben auch die Stones gespielt", sagte er. „Erinnerst du dich an diese Zeiten? Sex and Drugs and Rock 'n' Roll?"

Beate nickte.

„Drogen brauchen wir nicht", sagte er und steckte ihr einen Kopfhörer ins Ohr. Beate hörte die Stimme von Mick Jagger.

„Und nun stell dir vor, wie du vor der Bühne stehst und die Band live siehst."

Seine Stimme hypnotisierte sie fast. Beate sah sich inmitten einer Menschenmenge, den Blick auf die Bühne gerichtet. Sie bewegte sich im Rhythmus der Musik. Wieder war die Hand auf ihrem Rücken, streichelte sie. Dann stellte sich der Unbekannte direkt hinter sie, so dass sie ihn an ihrem Rücken spüren konnte. Er küsste ihren Nacken. Seine Hände streichelten ihren Bauch, wanderten dann langsam höher.

Es gefiel Beate und sie drückte sich an seinen Körper. Dabei spürte sie, wie erregt er war. Er passte sich ihren Bewegungen an. Sanft, fast fragend strichen seine Hände über ihre Brüste. Sie stöhnte, rieb ihren Hintern kräftiger an ihm.

Er lachte leise, umfasste wieder ihren Bauch. Beate knurrte enttäuscht.

„Hör auf die Musik", flüsterte er ihr ins Ohr.

Jetzt hörte sie eine Ballade. Seine Hände wanderten über ihren Bauch. Als sich ein leichtes Kribbeln in ihrem Bauch ausbreitete, wanderten seine Hände ganz langsam nach oben. Beate hielt die Luft an. Er spielte ein wenig mit ihren Brüsten. Beate zitterte vor Erregung, wollte sich umdrehen, ihn umarmen und küssen. Doch er schien ihre Gedanken zu lesen.

Bevor sie sich bewegen konnte, flüsterte er ihr ins Ohr: „Dreh dich nicht um, sonst ist das Spiel vorbei. Du darfst mich nicht ansehen."

Beate murrte leise, ergab sich dann aber ihrem Schicksal und schaute wieder auf die Waldbühne. Sie war neugierig, ihre Nerven zum Zerreißen gespannt. Er ließ sie einige Zeit zappeln. Kurz fragte Beate sich, was Susi und Lars wohl eine Ebene höher gerade trieben. Sofort hatte sie Bilder vor Augen, die nichts mit einem Stones-Konzert gemein hatten, sondern eher zu den daran anschließenden Partys der Band mit ihren Groupies passten, wenn man den Beschreibungen der Regenbogenpresse Glauben schenken durfte.

Ob der Mann hinter ihr wohl Musiker war? Seine Hände waren feinfühlig und geschickt. Das bewies er ihr gerade wieder.

Wie er wohl nackt aussehen mochte und sich anfühlte? Sie war bereit für mehr, wollte seinen Körper gern spüren und ertasten. Seine Hände erforschten inzwischen ihre Oberschenkel. Sie war nass, bereit für mehr. In diesem Moment schob er ihr Höschen nach unten und drang mit einem kräftigen Stoß in sie ein. Beate schrie überrascht auf.

„Psst!", flüsterte er ihr in Ohr. „Du willst doch nicht, dass dir jemand zur Hilfe kommt, bevor wir beide fertig sind."

Beate nickte.

Dann bewegte er sich langsam. Beate schob ihm ihr Hinterteil entgegen, um ihn tiefer in sich aufzunehmen. Er war gut gebaut, füllte sie perfekt aus. Es war, als hätten ihrer beider Körper schon eine Ewigkeit lang aufeinander gewartet. Beate schwebte auf Wolke Sieben, genoss seine Berührungen, jeden Zentimeter seiner Haut, die er ihr offenbarte. Sie krallte ihre Finger in die Mauer, weil sie ihn nicht anfassen durfte. Ihre Fingernägel brachen ab, doch sie bemerkte es nicht in ihrer Erregung. Dann war es soweit. Heiße Wellen liefen durch ihren Körper. Sie schrie ihre Erregung ohne Rücksicht auf mögliche Zuhörer laut heraus. Einige Besucher am Fuße des Glockenturm schauten erstaunt nach oben.

Sie zitterte, konnte sich kaum noch auf den Beinen halten. Er machte weiter, stieß tief in sie, immer schneller. Dann wurde er wieder langsamer, als wolle er seinen Höhepunkt noch etwas hinauszögern, doch als Beate ihr Becken leicht kreisen ließ, war es mit seiner Beherrschung vorbei: Mit einem einzigen kräftigen Stoß entlud er sich in sie, hielt sie danach noch eine Weile eng umschlungen in seinen Armen.

Als die Stimmen von Susi und Lars näher kamen, drehte er sie um und gab ihr einen langen Kuss.

„Danke! Du hast mich heute sehr glücklich gemacht", sagte er und verschwand im Fahrstuhl, bevor sie antworten konnte.

Susi hatte einen Blick wie eine Katze, die gerade den Sahnetopf ausgeschleckt hatte. Beate war sich sicher, dass es nicht nur an gutem Sex mit Lars liegen konnte.

Susi hakte sich bei Beate ein und sagte: „Lass uns wieder runter fahren. Ich habe genug von Berlins Sehenswürdigkeiten. Dieser Wochenendtrip war eine wunderbare Idee von dir. Ich habe das Wochenende sehr genossen und bin auf meine Kosten gekommen. Aber du siehst auch sehr zufrieden aus."

Jetzt war Beate sich sicher, dass Susi und Lars das Treffen schon vor dem Frühstück eingefädelt und auch einen passenden Liebhaber für sie gesucht hatten. Doch sie nahm es ihnen nicht übel, denn sie hatten ihr ein wunderbares Erlebnis beschert.

Susi grinste, als könne sie Beates Gedanken lesen.

„Lass uns ins Hotel zurückfahren, uns ein bisschen aufhübschen und dann essen gehen. Nach diesem aufregenden Tagen möchte ich heute früh ins Bett gehen, damit wir morgen ausgeschlafen zu unseren Männern zurückfahren können."

Beate stimmte ihr zu, aber sie war sich sicher, dass dies nicht das einzige Weiberwochenende von ihr und Susi bleiben würde, während ihre Männer zum Angeln unterwegs waren. Sie fragte sich schon jetzt, welche Stadt es beim nächsten Mal sein würde.

Mallorca

Lara musste raus, sie brauchte Urlaub. Der deutsche Winter mit seiner Kälte und Nässe ging ihr auf die Nerven.

Die Weihnachtszeit war in diesem Jahr besonders schlimm gewesen: Ihre Freundinnen führten ihr Familien- und Kinderglück vor, bedauerten Lara, weil sie noch immer Single war.

Auch ihre Familie war anstrengend. Zu Weihnachten kam immer wieder Omas obligatorische Frage: „Kind, hast du noch immer keinen Mann gefunden, der dich heiratet, damit du versorgt bist und nicht mehr arbeiten musst?"

Lara liebte ihre Arbeit. Sie wollte keinen Pascha, dem sie zuhause alles hinterher räumen musste. Sie war nicht sicher, ob sie überhaupt eine Beziehung wollte. Allerdings hätte sie gern häufiger Sex gehabt.

Am Jahresanfang hatte Lara noch eine Woche Resturlaub, den sie dringend nehmen musste. Also buchte sie spontan eine Woche Mallorca. Sie wollte ihre Ruhe haben, einfach mal eine Woche lang ausspannen, ohne Pflichtprogramm. Lara wollte ohne Terminplan einfach in den Tag hineinleben, spontan entscheiden, wonach ihr der Sinn stand und wo sie essen gehen wollte.

Deshalb buchte sie ein Hotel in Palma de Mallorca. Hier waren in der Nebensaison Ende Februar hoffentlich auch genügend Restaurants geöffnet, so dass sie nicht immer das Gleiche essen müsste. Es würde in der Stadt wahrscheinlich laut sein, aber das nahm sie gerne in Kauf. Lara hatte keine Lust, an einem abgelegenen Platz zu wohnen, wo sie ohne Mietwagen nirgendwo hinkam.

Der Start in den Urlaub stand allerdings unter einem schlechten Stern: Im Flieger saßen außer schwerhörigen Rentnern, die sich ununterbrochen furchtbar laut unterhielten, noch ein kläffender Dackel und vier während des gesamten Fluges durchgehend schreiende kleine Kinder. Lara war müde und genervt, als sie endlich aus dem Flugzeug aussteigen konnte.

Der Blick aus dem Hotelzimmer entschädigte sie aber sofort: Das Hotel befand sich fünfzig Meter vom Hafen entfernt in zweiter Reihe. Trotzdem hatte sie zwischen den Hotels der ersten Reihe hindurch einen guten Blick auf den Yachthafen und den großen Hafen, in dem Versorgungsschiffe, Fähren und Kreuzfahrer anlegten.

Auch heute lag ein Kreuzfahrtschiff im Hafen. Lara gefiel der Anblick dieser schwimmenden

Bettenburg allerdings überhaupt nicht. Dieses Schiff hatte denselben Charme wie die Bettenburgen für den Massentourismus an der Küste. Eine Kreuzfahrt war nichts, was sie lockte.

Nachdem sie sich kurz im Zimmer eingerichtet, Wintermantel und dicken Pullover gegen Bluse und Lederjacke getauscht hatte, machte sie sich auf den Weg in die Altstadt.

Sie ging an der Hafenpromenade entlang, hoffte ein nettes Fischrestaurant fürs Abendessen zu finden. Fehlanzeige: Lara fand Steakhäuser, Schnitzelbuden, Pizzerien, chinesische und indische Restaurants. Das konnte ja heiter werden!

Aber noch war es früh, sie hatte Zeit. Lara suchte weiter, hatte aber kein Glück. Irgendwann entschied sie sich für eine Tapas Bar, in der es mittelmäßige Tapas und noch schlechteren Wein gab.

Auch die Gäste an den Nachbartischen trugen nicht unbedingt zur Besserung ihrer Laune bei. Auf der einen Seite drei Rentnerehepaare, die sich lautstark über ihre Krankheiten und dabei insbesondere über monatelang nicht heilen wollende eiternde Wunden unterhielten. Auf der anderen Seite zwei Elternpaare mit völlig übermüdeten, schreienden Kleinkindern, die sich über die Windelinhalte der letzten Tage unterhielten.

Lara hatte keinen Appetit mehr, zahlte und ging. Nach der anstrengenden Anreise war sie ohnehin hundemüde, kaufte unterwegs im Supermarkt noch eine Flasche Rotwein, um den Abend mit einem guten Glas Wein in ihrem Hotelzimmer zu beschließen.

Der Wein war gut, langsam kam sie in Urlaubsstimmung. Noch sechs Tage blieben Lara, ihre freie Zeit zu genießen. Kurz darauf schlief sie ein.

Einige Zeit später erwachte Lara von lauten Geräuschen aus dem Nebenzimmer. Stritten sich die Nachbarn? Lara lauschte. Nein, ganz im Gegenteil. Laute Geräusche eines Liebesspiels drangen zu ihr herüber. Laras Spanisch war zu schlecht, um zu verstehen, was die Frau in ihrer Ekstase schrie. Aber ihrem Tonfall war deutlich anzuhören, dass ihr gefiel, was gerade mit ihr geschah.

Lara spürte ein Kribbeln in ihrem Bauch. Zu gern würde sie sich jetzt auch mit einem Mann zusammen in wilden Liebesspiel in ihrem Hotelbett herum wälzen. Doch sie war allein.

Lara stellte sich vor, was auf der anderen Seite der Wand gerade geschah. Ein Paar – Mitte dreißig vielleicht.

Sie: Eine dunkelhaarige Schönheit. Nicht besonders groß, mit lockigen Haaren, die ihr über den Rücken herunterreichten. Dazu üppige Formen – feste, große Brüste und ein wohlgeformter Po.

Er: schlank, fast sehnig. Doch ihm war deutlich anzusehen, dass in seinen Muskeln eine nicht zu unterschätzende Kraft steckte.

Sie ließen es gerade ruhig angehen, lagen nebeneinander, küssten und streichelten sich. Die Frau knabberte an seinem Ohr, flüsterte Worte der Liebe, zärtlich, aber auch frech.

Er war noch erschöpft vom Liebesakt zuvor, blieb entspannt neben ihr liegen, streichelte ihre Hüften und ihren Rücken.

Lara streichelte ihren Bauch, dann ihre Brüste, stellte sich vor, dass es die Hände eines Mannes auf ihrem Körper seien.

Die Frau wurde unruhig, wurde unzufrieden, wollte mehr. Sie rieb ihren Körper an seinem. Er versuchte sich zu beherrschen, wollte ihr zeigen, dass er die Macht hatte, sie sich nach seinen

Wünschen und Bedürfnissen richten müsse. Doch es gelang ihm nicht: Sein bestes Stück führte ein Eigenleben, folgte ihren Wünschen, richtete sich auf und war groß und fest.

Zufrieden kicherte sie, drehte sich um, so dass sie ihm ihr hübsches Hinterteil zuwendete und verwöhnte seinen Luststab mit dem Mund.

Mühsam unterdrückte er ein Stöhnen und schlug ihr kräftig auf den Po. Sie schrie kurz auf, mehr aus Lust denn vor Schmerz und machte weiter.

Dabei hatte er ihre Nässe direkt vor Augen. Langsam ließ sie das Becken kreisen, lud ihn ein, in sie einzudringen. Er erkannte, dass sie sich nach seiner Zunge, einem Finger oder besser noch mehr sehnte. Sie reizte ihn, diese Einladung endlich anzunehmen, doch er wollte sie noch warten lassen, damit ihre Erregung weiter wuchs.

Laras Finger hatten inzwischen den Weg in ihre Nässe gefunden. Sie wand sich vor Erregung auf dem Bett, horchte aber auch gleichzeitig auf die Geräusche von nebenan, denn sie wollte nichts verpassen.

Nun hatte sie ihn endlich soweit, er konnte sich nicht mehr beherrschen. Noch einmal schlug er ihr kräftig auf den Po, was ihr einen überraschten, aber durchaus zufriedenen Schrei entlockte.

Anschließend richtete er sich auf, umfasste ihren runden Po, dirigierte sie mit seinen kräftigen Händen so, dass sie auf allen Vieren vor ihm kniete. Dann nahm er sie mit harten, kräftigen Stößen. Sie schrie vor Lust.

Die Nachbarn schienen wieder zum Höhepunkt zu kommen. Lara hörte das Schreien und das Stöhnen der beiden. Nun musste sie nicht mehr leise sein, denn das laute Spiel der beiden würde ihre eigenen Geräusche übertönen.

Lara ließ sich gehen, tief stießen die Finger der einen Hand in sie hinein, während sie mit der anderen Hand kräftig in ihre Knospe kniff. Dann war es soweit. Laut schrie sie auf, als heiße Wellen der Lust sie durchfuhren. Sie zitterte vor Erregung. Als der Orgasmus abebbte, blieb sie erschöpft liegen und horchte auf die Geräusche von nebenan. Doch es war nichts mehr zu hören, die beiden schienen befriedigt zu schlafen.

Am nächsten Morgen sah Lara beim Frühstück ein spanisches Paar, das dem, welches sie sich in ihrer Fantasie vorgestellt hatte, sehr ähnelte. Die beiden schauten sich verliebt an, scherzten miteinander. Ihren Gesichtern war deutlich anzusehen, dass sie in der Nacht guten Sex miteinander gehabt hatten.

Lara überlegte, ob die die beiden ansprechen sollte, doch sie fand während des Frühstücks nicht den Mut dazu. Eine halbe Stunde später sah sie die beiden mit ihren Koffern am Hoteleingang stehen. Ein Taxi fuhr vor und die beiden stiegen ein, ohne dass Lara noch einmal einen Blick auf ihre Gesichter werfen konnte.

Reisepläne

Zufrieden räkelte Stefan sich nach einem ausgiebigen Liebesspiel auf dem Bett.

„Fee, Du bist einfach wunderbar," sagte er. „Lass uns in den nächsten Tagen ins Reisebüro fahren und ein paar Kurzurlaube buchen. Und ich bin schon sehr darauf gespannt wohin uns dann die nächsten Reisen führen."

Zufrieden lächelte Felicitas in sich hinein. Ihre nächsten Fantasien würden Stefan dann an weiter entferntere Orte führen, die sie schon immer mal sehen wollte.